荒野求生

中国大冒险

致命雪崩

〔英〕贝尔·格里尔斯 著 王欣婷 译

BEAR GRYLLS

湖南文艺出版社
HUNAN LITERATURE AND ART PUBLISHING HOUSE

小博集
BOOKY KIDS

Chinese Adventures Stories 5: Avalanche

Copyright © Bear Grylls Ventures 2023

This edition is published by arrangement with Peters, Fraser and Dunlop Ltd. through Andrew Nurnberg Associates International Limited Beijing

Translation copyright © 2023 by China South Booky Culture Media Co.,LTD

著作权合同登记号：图字 18-2023-126

图书在版编目（CIP）数据

致命雪崩 /（英）贝尔·格里尔斯著；王欣婷译
. -- 长沙：湖南文艺出版社，2023.9
（荒野求生·中国大冒险）
书名原文：Chinese Adventures Stories 5:
Avalanche
ISBN 978-7-5726-1286-2

Ⅰ. ①致… Ⅱ. ①贝… ②王… Ⅲ. ①儿童小说—中篇小说—英国—现代 Ⅳ. ① I561.84

中国国家版本馆 CIP 数据核字（2023）第 121289 号

上架建议：儿童文学

HUANGYE QIUSHENG ZHONGGUO DA MAOXIAN ZHIMING XUEBENG
荒野求生 中国大冒险 致命雪崩

著　　　者：[英]贝尔·格里尔斯
译　　　者：王欣婷
出 版 人：陈新文
责任编辑：匡杨乐
监　　制：李 炜　张苗苗
策划编辑：马 瑄
特约编辑：张晓璐
营销编辑：付 佳　杨 朔　付聪颖
版权支持：王媛媛
版式设计：马睿君
封面设计：霍雨佳
封面绘图：冉少丹
内文绘图：段 虹
内文排版：金锋工作室
出　　版：湖南文艺出版社
　　　　　（长沙市雨花区东二环一段 508 号　邮编：410014）
网　　址：www.hnwy.net
印　　刷：三河市鑫金马印装有限公司
经　　销：新华书店
开　　本：875 mm × 1230 mm　1/32
字　　数：57 千字
印　　张：4.5
版　　次：2023 年 9 月第 1 版
印　　次：2023 年 9 月第 1 次印刷
书　　号：ISBN 978-7-5726-1286-2
定　　价：22.00 元

若有质量问题，请致电质量监督电话：010-59096394
团购电话：010-59320018

贝尔·格里尔斯的求生小提示

灾难当头，想要活下去，你必须：

1.一定要保持绝对的冷静。

2.利用好手边的一切物品，物尽其用。

3.随时了解你身边的环境，熟悉地形，以便危急关头用最快速度找到逃生之路。

4.如果还有其他选择，不要贸然进入漆黑的陌生环境。

5.仔细观察，及时发现周围潜在的危险，并立刻远离。

6.撤离危险区域时，要动作迅速，但决不能奔跑，防止摔倒。

7.每人每天至少要喝两升水，在极端环境下尤其要注意，防止脱水。

8.处于未知环境时，最好结伴活动，不要落单。

9.有时候原地等待救援，也是一个不错的选择。

最后一点，也是最重要的一点，

永远不要放弃求生的希望！

目　录

第 一 章

速成班

"小心!"

爱玛·托马斯感觉雪在滑雪板下呼啸而过,她正以每小时一百英里^①的速度冲向六七个孩子。他们面向教练站成一排,和她一样都穿着滑雪服,戴着护目镜和保暖的帽子。没有人挪动半步。

"让开!"

教练教过她如何减速。那个动作的学名是犁式

---

① 英里:英制中的长度单位。1 英里合 1.609 千米。

制动，因为看起来像犁耙。膝盖弯曲，滑雪板前端向内合拢，让滑雪板插入到雪里，速度就减慢了。转弯也可以用同样的方法。

但不知怎的，爱玛的双腿僵硬，动弹不得。

这时她意识到两件事。

第一，她并没有以每小时一百英里的速度在雪地上疾驰，只是感觉如此。事实上，时速最多也就五六英里，但对她来说，还是太快了。

第二，之所以没有人让开，是因为她是用英语喊的。慌乱之中，她都不知道该怎么说普通话了。

爱玛的两侧出现了两个也穿着滑雪服的人，他们动作优雅地跟在她身边。左边的是她的朋友乔，右边的是她的双胞胎弟弟艾登。虽然她很爱弟弟，可嫉妒之心还是涌上心头。三天前，他们俩都是从没踩上过滑雪板的新手，现在他已经可以熟练地滑行了，就像从小就受到训练一样，可她却不行。太不公平了！

更不公平的是，她马上就要撞到前面的一排孩子了。

"我停不下来！"爱玛喊道。她的脚就像瘫痪了一样。

"直接摔下去！"艾登大声回应。

"雪很软！"乔接着说，"如果你没法停下来，这是最简单的方法。"

那排小孩越来越近了，爱玛的腿完全不听使唤。

"我连摔跤都做不到！"

"好吧。那就动一动你的左腿，像这样，然后你就会转弯了……"

爱玛用余光看到，乔突然优雅地转了弯。但爱玛直直盯着前方，并没有看到乔是怎么做的。

"右肩膀向右边滑雪板上压。"艾登喊道。

"啊？"

"照做就是了！你会向左转的，相信我！"

只有几秒的时间了。爱玛的腿动不了，但上半身还可以动。艾登说的果然没错，按照他的指示，爱玛转移了身体的重心。当她把更多的重量放在右边雪板上时，自然而然的，左边的压力就少了。右边的滑雪板开始以更快的速度向前移动，这也就意味着，她慢慢向左转了。

"就是这样！"艾登叫道，"你做到了！"

她做到了！孩子们不在她的正前方了。透过面罩，她看到了不同的风景。眼前不再是跟她一样的初学者，而是环绕在高原周围的长白山脉，他们住的度假村就建在这个高原上。她在转弯了！她做到了！

"那个，爱玛……"艾登又说话了。

爱玛意识到了问题所在。她虽然转了弯，但是方向还是一样的，她侧着身子滑向了孩子们。

不过，她在减速了。越来越慢，越来越慢……

爱玛终于停下来了，在她撞上了队伍中的第一个孩子之后。

小贴士

犁式制动。滑雪初学者可以采用的一种姿势，能够有效帮助你减速。

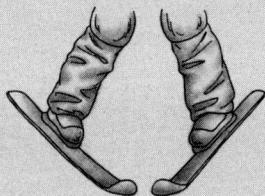

第 二 章

多米诺骨牌效应

爱玛的速度已经降得很慢，但还是撞到了一个孩子。

"啊！"

向下冲的力足以把男孩撞倒。

如果他没有穿滑雪板，可能只会摇晃两下，再找到平衡。可穿着滑雪板的话，就不可能了。他挥舞手臂，试图保持平衡，但还是慢慢侧身摔了下去。

他摔到了旁边男孩的身上。

旁边的男孩又撞倒了他旁边的女孩。

女孩再撞倒了另一个男孩……

一个接着一个，一排孩子都摔倒了，就像是一排放置在一起的多米诺骨牌一样。

最终，只有爱玛一个人站着，惊恐地看着自己造成的后果。艾登和乔毫不费力地在她身边停下，看见一整排的孩子正在努力站起来。

"你就是这么建立国际合作的，老姐？"艾登随意地说。

"实在不好意思！"爱玛脱口而出。她又能说普通话了，但已经太晚了。

"哈哈哈！"教练笑出了声。她看着自己所有的学生一个接一个地向侧边倒下去，现在已经笑得直不起腰了。这大概是她这周最高兴的时刻了。其他的学生也笑了，学习滑雪的过程总会伴随着摔倒，他们都经历过爱玛的阶段。

学生们又站了起来，他们拍了拍身上的雪，继续上课。爱玛依然觉得脸上发烫，刚才那样失控的场面实在太丢脸了。

"要不今天就休息吧?"艾登建议。他用滑雪杖指了指被夕阳染成橘红色的高峰，那是雄壮的休眠火山长白山，已经完全浸润在夕阳的光辉之中了。

"好主意。"爱玛心情沉重地说。她已经到了什么也学不进去的状态。由于之前没滑过雪，现在她的腿疼得要命。爱玛可以走或者跑很久也不觉得累，但滑雪用的是完全不同的肌肉。

她把雪板对准滑雪场的牵引式索道，确保自己不再需要转弯就能滑过去。索道是一条连接山顶和山脚的传输带，上面挂着很多拖杆，每条拖杆上都有一个黑色的塑料圆盘。游客在山脚下的索道旁等待，看到拖杆来了就赶紧抓住，然后穿着滑雪板半坐在圆盘上，脚下的雪板在雪地上滑行。拖杆会把人拉上山顶。

爱玛就是以这种方式，轻松地回到了酒店。还真是很省力呢，她心想。

到了山顶，必须快速滑离拖杆，以防挡到后面的人。乔在爱玛前面等着，爱玛从拖杆下来后向前滑了几米，为后面的艾登留出位置。几秒之后，艾登就来到了爱玛身边。哪怕戴着面罩，也能看出他在笑。

"我想在晚饭前洗个热水澡。餐厅见。"艾登说。

"记得我们还要写点评。"乔提醒他。

"好吧，我会写的。"

他们三个就这样慢慢悠悠地往酒店滑。

"明天我一定要学会滑雪！"爱玛在路上发誓说，"必须要学会！"

第 三 章

山景

"要是英杰也在就好了。"乔随口说道。

艾登懒洋洋地躺在软椅上。他的腿还很疼，但他相信肌肉很快就会适应的。

"胳膊骨折也没法滑雪呀。"艾登指出，"而且，他也超龄了。"

"也是。"乔说，听起来也并不是那么难过。

他们正拿着饮料坐在酒店"夜间休息室"里，面朝巨大的玻璃，舒服又温暖。外面的黑夜寒冷又清新，是在山中才有的感觉。"夜间休息室"就是为了让客人体验这样的感受而设计的。

窗户用的是特殊的防眩光玻璃，灯光调得很暗，客人不会从玻璃里看到自己的身影。雪地的颜色浅淡，看不太清楚，一直绵延至远处。群山被白雪覆盖，繁星之下显露出黑色的轮廓。

只是看着这样的景象，就让艾登冷得打哆嗦。对比之下，室内更显得暖和了。经验告诉他，晴朗的夜晚不只是有一点点冷，而是非常非常冷。天空的云就好像盖子，能够锁住热量，而没有云的夜晚，热量就跑走了。

"这就是为什么文明如此重要。"艾登说，"我们的祖先虽然住在洞穴里，但我敢保证，他们以最快的速度学会了如何在洞里取暖。把火堆放在洞中间，用动物的皮毛挡住入口，尽可能让洞里跟外面不同就对了。"

"是啊。"乔表示同意，"如果有人搬入新的洞穴，应该还会请年轻人在墙上写点评。当然，现在只有很酷的人才在暴风雪来临时，睡在雪穴或者船里。"

艾登笑了。在最近的一次暴风雪中，他们三人不得不露宿野外。乔和爱玛挖了雪穴，艾登和英杰则在翻过来的船里避难。虽然避难所帮他们躲过了灾难，但谁也不想再经历一次了。

艾登也这么认为。"还是别了，楼房是最好的，哪怕……"他吸了吸鼻子，"哪怕闻起来有油漆的味道。"

油漆的味道很浓，这又提醒了三个孩子他们来这里的目的。这个滑雪度假村是全新的，还没对外开放，有些地方仍在装修。等它正式营业以后，会非常现代化。这里采用地热发电，能源来自地底的火山。数百万年前，正是这些火山的喷发形成了长白山脉。爱玛和艾登的父母是能源工程师，开发地热能正是他们来长白山脉的原因，因此他们来体验一下滑雪度假村也是非常合适的。

度假村的老板希望能吸引很多年轻人，于是就从全国各地邀请了一些孩子来提前体验一周，这些孩子都跟爱玛他们差不多大。作为交换条件，孩子们要为度假村的网站写点评。

老板还希望能吸引很多外国游客，有两个外国孩子来体验那就更好了，他们能用英语写点评。

艾登看了一眼姐姐，她没有加入他们的谈话，正一个人趴在平板电脑前。

"老姐，你已经在写点评了？"他问，但他注意到有视频的画面在闪动，还听见了一点点声音。他又向屏幕靠近了一点，"爱玛，你是在看我想的那个东西吗？"

第 四 章

下定决心

　　爱玛有点不好意思地抬起头，拿起平板电脑给艾登和乔看。

　　"我在看教滑雪的视频。"她说。

　　"我能看看吗?"乔问。爱玛把电脑递给乔，乔看了几秒钟，看上去并不满意。

　　"呃，教的还行吧。"

　　"你当然都会啦!"爱玛抗议道，"你说你都不记得怎么学滑雪的了。"

"确实，"乔不得不承认，"就好像你不记得是怎么学会走路的一样。看这儿，我们来定个计划。"

她站起身，走向他们身后的墙，墙上画着彩色的度假村地图。

度假村由一系列现代建筑组成，建在一片平坦的高原上，这里也是几座山汇集的地方。其中一座建筑物是山上的缆车站台，需要从山下乘坐缆车才能到达山上的酒店。缆车的车厢是玻璃和金属做的，坐在里面，壮美的山景尽收眼底。越过山峰和山谷的感觉好极了，像鸟儿飞过积雪的冷杉林和嶙峋的岩石。

酒店前面有一个平缓的小坡，小坡通向一片宽阔的平地，这里就是他们那天练习的地方。练习场连接着很多通往不同方向的雪道，雪道根据不同的难度标色。蓝色是初级，红色是中级，黑色是高级。爱玛可不打算接近红道和黑道。

雪道建在冷杉林之间，互相交错而下，然后在半山腰的一块平地汇集。那里就是红道和蓝道的终点了，有一个吊椅式索道带游客回到顶部。黑道一直延伸到山脚，山下的缆车站台也在那里。

乔指了指蓝道的起点。

"明天一早，"她说，"别人都没来的时候，你和我就从这里出发。"然后她又指了指终点，吊椅索道站旁边，"一直滑到这里。在此期间……"她的手指在空中比画了一下，"你会学会滑雪的，我保证！"

爱玛露出怀疑的神情。

"如果学不会呢？"

乔笑道："那就练到学会为止！"

爱玛笑了。

"好吧。"她表示同意，"成交，谢谢你。艾登，你期待明天能睡个懒觉吗？"

"期待啊。"艾登预感没什么好事，"为什么这么问？"

"因为你也要一起来。"

第 五 章

不是用来走路的靴子

　　吃完热乎乎的早餐，三个好朋友在酒店外面的露台集合。

　　艾登来的时候女孩子们已经到了。他把滑雪板扛在肩上，一手拿着雪杖。雪杖不用的时候可以缩短到一半的长度。咚咚咚，艾登的雪靴重重地踩在木板上。人没到，爱玛就先听到了声音。

　　早餐过后他们都换上了装备。底层是贴身保暖内衣，内衣的材料很先进，吸汗又保暖。中层是一

般的牛仔裤和抓绒衣。外层是连体滑雪服,滑雪服
是高领的,能够保护脖子不受冻。外层的用料是防
水的,雪落在上面马上就会滑落下来,不会融化。
艾登、爱玛和乔的滑雪服的颜色分别是蓝色、黄色
和红色。

除此之外,他们还戴了保暖的帽子和手套,以
及保护眼睛不受干冷空气伤害的护目镜。

当然还有雪靴,也就是爱玛听到的声音的来
源。艾登的脚摇晃着,好像穿了水泥墩一样。

"走起路来真麻烦。"他抱怨道。

"它们本来就不是用来走路的啊。"爱玛指出。

滑雪靴的作用是将身体的动作直接转移到雪板
上。一般的徒步鞋会自然地跟随脚移动,除了崴脚
的时候,这时候它们会保护你的脚踝。

滑雪靴则不然。它们是用复合材料做成的脚形
外壳,里面有一层可拆卸的羊毛内靴,用于保暖。穿

上滑雪靴后，锁紧一排卡扣，脚就稳稳当当了。接着再把滑雪靴踢进滑雪板上的固定器里，滑雪板就变成你身体的一部分了。滑雪板的设计则是，移动的时候把滑雪靴锁得紧紧的，摔跤的时候自动松开。

"好吧。"艾登嘟囔道，他拍了拍背包的背带，"我带了一些零食，还有一些水。肯定会口渴的，我们都知道不能吃雪，对吧？"

乔笑了起来。之前是她和哥哥英杰告诉艾登为什么不能吃雪的。冰冷的冰晶会损害口腔里的软组织，造成类似严重烫伤的损害。

"我们可能不需要零食。"爱玛说，"因为可能很快就滑完了，都没有时间吃东西。"

这样想着，爱玛把滑雪板并排放在雪上，然后把靴子踢进固定器里。啪的一声，靴子锁紧了。艾登和乔也这样做了。

艾登和爱玛把滑雪杖拉到最长，再用锁扣锁

住，以防使用的时候突然缩短。爱玛的手伸进滑雪杖顶部的腕带里，再抓住握把。

　　"好了！"她对乔说，"教我吧！"

第 六 章

犁式制动

在酒店前面平坦的雪地上，乔先了解了一下爱玛目前的水平。爱玛真希望乔能在其他地方教自己，在酒店里的人看不到的地方。

"好的，向前滑。"

爱玛弯下膝盖、身体向前倾，滑雪杖插入雪中，然后向后一推。虽然肩膀很疼，但她还是向前滑了起来，一种好像穿着不防滑的鞋站在冰上的不安感袭来。

"哎哟！"爱玛向后滑倒，跌落在雪地里。

"没事。"乔严肃地说,"虽然不是太好的开始,但会越来越好的。"

爱玛站了起来,听到乔继续说道:"你之前只有手臂和双腿在动,身体的其他部位都是僵硬的。"

"但是我只需要用到手和腿啊!"

"你的全身都要动。"乔告诉她,"你平时可能感觉不到,但走路的时候,其实整个身体都在动,不仅仅是腿和脚。移动重心的时候,全身的肌肉都在用力。滑雪也是如此,你觉得你只是在用滑雪杖把自己向前推,但远不止如此。你之前滑的时候,压力都在肩膀和手臂上,别的地方没使劲。看我怎么滑。"

乔用滑雪杖轻轻一推,就在雪地上滑了起来。她举起滑雪杖,让杖杆不接触到雪面,然后就这样转了弯……

她的动作是那么优雅,让人看了心里羡慕。爱玛第一次开始明白乔是怎么滑的了,她的整个身体都在滑，上半身向要去的方向倾斜，移动重心让自己转动。乔身体前倾，毫不费力地转了个半圆。停下来的那一刻，乔又直起了身子。

"哇！"爱玛赞叹道。

乔笑了，"你可以明天学这个。现在，照我刚才说的做。"

爱玛再次推动滑雪杖，又摔倒了。

"需要一些时间……"乔耐心地说。

"我们有时间！"爱玛咬着牙说。

练习继续，她们很快就忘记了时间。爱玛又摔了很多跤，但每次摔倒，她都会向乔请教自己做错了什么，她知道这是进步的唯一途径。

艾登闲着无聊，就自己练习起来。他在平坦的地方滑，学习如何在保持滑雪板平行的情况下，左右转弯。这看上去比用犁式制动慢慢地滑，还不停摔倒厉害多了，爱玛酸溜溜地想。

哎，不能嫉妒自己的弟弟呀（虽然只晚出生了九分钟，但还是弟弟）。必须继续练习，直到跟艾登滑得一样好，如果不能更好的话。

大概一小时之后，他们停下来喝了点水，吃了些点心。

又准备开始练习的时候，艾登心情愉快地说："你摔得没之前那么多了。"

他说得没错。爱玛有点开窍了，甚至连转弯的时候都不摔跤了。

"我滑得比之前好了。"爱玛说，"但还说不清楚为什么。"

"你做得很好。"乔鼓励地说，"现在，再使劲推自己一把！"

爱玛把滑雪杖插到雪里，用尽全力推了一下。

她意识到乔的目的是什么的时候，已经晚了。他们之前正站在平地的边缘，下面的雪坡直接连着雪道的起点。

爱玛开始往下滑，越滑越快，越滑越快。

"你骗我！我在往下滑！救命！"

乔轻松地追了上去。

"犁式制动！记得我跟你说的！你能行！"

前一天的时候，每次爱玛尝试犁式制动，都会摔跤。但现在她已经知道自己哪里做得不对，她之前只是转动双腿，身子的其他部位都没动。

现在，爱玛想象着全身都是这个动作的一部分。腿、屁股、腰都要参与。

她看到滑雪板的前端真的向内合拢了，太不可思议了！

她在减速，她在斜坡上减速！

"成功了！"爱玛叫道，"我做到了！"

"太棒了！"乔在她身边滑着，"现在试一下转弯！"

"转弯……"爱玛咬紧嘴唇。

艾登在她身边飞速而过时，大叫了一声："记住，转肩！"他继续向下滑，滑雪板保持平行，左右回转。在爱玛看来，他就是在炫耀自己的雪技。

不管怎么样，爱玛没忘记昨天撞到小孩之前，艾登跟她说的话。他说，转弯的时候要转肩。

爱玛向前倾，肩膀接近右边滑雪板的前端。

她开始转弯了。这回她直起了身子，开始朝不同的方向下坡。还好有犁式制动，速度不是太快。

爱玛又试着把左边的肩膀向左边的滑雪板靠拢，她开始转向另一个方向。

在乔的鼓励下，爱玛可以回转下坡了，左、右、左、右，沿着之字形滑到坡底，艾登已经在那儿笑着等她了。她一次都没有摔倒呢。

"太棒了！"艾登鼓起掌，"就知道你可以。"

"哈哈，还需要练习。"爱玛害羞地说。她朝蓝色旗子的地方看了一眼，那是初级道的起点，"不过，就像乔说的，滑完蓝道，就没问题了！"

第 七 章

蓝道

冷杉林出现在眼前。

"哎呀!"

爱玛本能地转向另一个方向,然后才继续向下滑。

别分神!她自责道。

三个好朋友已经在蓝道上滑了几百米了。雪道有一点坡度,酒店已经不在视线范围内了。

蓝道至少有五十米宽,坡度平缓,两边插了蓝色的旗子,清楚地标出了边缘地带。树林在更远的地方，如果爱玛不小心撞到旗子，应该不会有任何危险。

爱玛突然发现，她已经至少五分钟没有摔倒了。虽然腿很疼，但她还是一直保持犁式制动的姿势，慢慢地左右回转。最后的三四个回转，她保持着直立的姿势。

她得意地笑着，超过了乔和艾登。

乔追了上来，仰起头若有所思地说："爱玛，这几乎就是平行转弯了！"

"是吗？"爱玛的信心一下子有了，恍惚间差点就摔了一跤。平行转弯比犁式制动看起来厉害多了。她看过乔和艾登是怎么做的，滑雪板永远保持平行，在雪道上一会儿向左，一会儿向右。爱玛学不来。但现在她显然做到了，可她还不知道是怎么做的。

"你看看能不能再试一次。"乔建议，"像这样。"

她们之前并排滑着，现在乔在更前面了。

"首先，让你的两个滑雪板保持平行。"

"好的。"爱玛做好心理准备，然后照做了。现在她不再做犁式制动的动作，速度马上加快了。

"保持膝盖和臀部微微弯曲。"乔做了示范，"这样你才能向任何方向转动。现在把重心转移到山上板，山下板①完全离开雪地也没关系。身体向转弯的方向倾斜。"

"这是有意让自己重心不稳。"爱玛反对说。

"是的，你走路的时候也是这么做的，但马上又会找到平衡的。转！"

乔突然就转弯了。爱玛试图模仿，却摔倒在雪地里。

"差不多了。"乔一边站直身体，一边说，"再试一次，这回用上雪杖。不需要真的插进雪里，用

---

① 滑雪术语。当你横着站在雪道上时，必然有一条腿更靠近山顶，一条腿更靠近山下。向上那条腿就叫作"山上板"，另一条腿叫作"山下板"。

来瞄准即可，转的时候轻轻碰一下雪。"

爱玛站了起来，重新开始下坡，这回朝着另一个方向。她试着按乔说的去做，让雪杖轻轻在雪上擦过，重心放到山下板……

突然间，她转向另一个方向了！

"我做到了！"她尖叫起来。

乔说得没错。爱玛之前以为要把雪杖插进雪里，然后再绕过去。但其实只要身体移动，就会转弯了，雪杖的用处是指引转动的位置。这么做的结果是，爱玛比之前转得更轻松，速度更快，一下子就让两个滑板保持平行地转到了另一个方向。

为了证明这不是蒙中的，她又做了一次。

再下一次转方向的时候，她还加上了身体的动作。

"我觉得我学会了！"

剩下的时间一晃而过。平行式滑雪比一直犁式制动速度快得多，因为不再刹车减速了。爱玛不停

31

地滑啊滑啊，树林和雪地飞速后退，她享受着速度带来的快感。

到达终点的时候她还有些伤心。绕过蓝道上的最后一个弯，就是一块平地，吊椅式索道站也在这里。吊椅式索道跟拖牵式索道差不多，双排的缆绳上挂着座椅，座椅沿着塔架在山边移动。游客排队等待，座椅会把人送到雪道的顶上。到站后要赶紧下来，要不然就会被送下山了。

三个好朋友在雪道的终点停下，心情十分愉悦。他们不着急再上去。爱玛一直在笑，笑得脸都痛了。

"乔，谢谢你！我会滑了！就像学会骑自行车一样，我永远都不会忘记的！"

"哈哈，你是一个好学生。"乔谦虚地说。

艾登脱下了背包。

"不知道你们什么感觉，但我渴死了！"他给乔和爱玛各递了一瓶水，"庆祝安全到达！"

干冷的空气也让爱玛非常口渴，正想喝上几大口清凉的水解渴。

"你们知道发生了什么吗?"过了一会儿，艾登说。他用水瓶指了指索道站的方向，"索道坏了。"

女孩子们朝他说的方向看去。

艾登说得没错，吊椅式索道应该是持续运行的，不需要人工启动和停止，但是现在索道停住了。

这里没有其他回酒店的路。爱玛意识到，他们正在半山腰上，如果索道坏了，就没有办法上去了。

小贴士

平行滑雪：保持膝盖和臀部微微弯曲，重心放到山上板上。

第 八 章

无人看管

"好吧。"乔说,"可能轮班还没开始呢。"

三人滑到索道站边,看到一张座椅停在地面的高度。前面的一张座椅有十米远,在够不着的地方。

控制室在侧边,里面黑漆漆的,没有人。爱玛拉了拉门,是锁上的。

"为什么没开?应该是自动运行的,就像拖牵式索道一样。"艾登和乔心想。

"这里还没有完全开放吧。"乔说,"可能计划里今天没有人滑这条道，所有他们就没打开索道。"

爱玛感觉有一个巨大的空洞在身体里滋长。

"怎么会这样？我们的注意力都放在教我滑雪上了，竟然忘记了这么一个小细节。得想办法回去啊。"

艾登把脸贴在控制室的窗户上。

"里面有操作面板，"他说，"还有一部电话。"

"艾登，我们不能自己启动啊！"爱玛马上说。

"或许我们可以打电话让他们开？"艾登想了想，"又或者他们可以告诉我们怎么启动。"

爱玛又试着转了转门把手，说："我们还是得进去。我不想破门而入。"她四处看了看，"而且我也不觉得我们能找到让我们进去的东西。"

过了一会儿，乔说："还有一个上去的办法。"爱玛和艾登都看着她，抬了抬头表示不解。"缆车！"她解释说，"记得吗，我们一开始是从停车场坐缆车直接到酒店的。"

爱玛尝试回忆酒店"夜间休息室"里的地图。"缆车站在山底，离我们至少还有五百米。"

乔耸了耸肩，雪杖指向平地的边缘，立着一排黑色旗子的地方。

"是啊，但黑道会带我们去那儿。"她说。

爱玛睁大了眼睛，提出抗议："黑色是给专业人士滑的！"

乔笑着说："我们可以慢慢来。反正没别人，按自己的节奏来就好，不要有压力，总能到的。"

"所以，黑道比蓝道难，"艾登小心翼翼地问，"难多少？"

"有的地方更窄更陡，雪没那么平。除此之外，跟前面差不多。总的来说，变化更多，更有挑战，更像是在真正的野外滑雪。"

听上去还能接受，双胞胎互相看看对方。他们对乔有信心，但对自己不太有把握。

过了一会，艾登说："至少比等着他们发现我们不见了好。"

"而且我有点喜欢滑雪了。"爱玛表示赞同。

爱玛和艾登又互相看看对方，默默达成了一致意见，然后一起看向乔。

"好的，"艾登脸上露出了大大的笑容，他抓紧雪杖，做好了准备，"出发吧！"

他们又喝了水，然后就一起向黑色旗子那儿滑去。

第 九 章

黑道

乔没骗他们，艾登心想。部分黑道确实跟蓝道差不多，比如第一段。这是一片宽阔平滑的区域，只比他们之前滑的蓝道陡一点。

雪道突然左转，一下子就变得只有之前的一半宽，却有两倍陡。艾登以极快的速度直奔下山。

"啊！"

艾登赶快平行转弯，以尽可能小的角度穿过雪坡。雪道很窄，艾登刚转弯，就又要转回去了。

艾登咬紧牙关，黑道以虚假的安全感诱惑了

他。或许设计师是故意这么做的，每一个从缆车上下来的人，一开始都被温柔地对待。

爱玛转过弯来，一看到陡坡就摔倒了。在乔的帮助下，爱玛重新站了起来。艾登则继续以小角度往下滑。

不过，不得不说这样有一点无聊。他尝试更大胆地向前倾，以提升速度。下一次改变方向的时候，他把角度变得稍微大了一点。不是什么疯狂的举动，只是测试自己的能力。

太好了！他能做到！再转一次弯，再加一点速。

很快，每一次转向都激起层层雪花。

"哇！"他高兴地叫了起来，这才是滑雪的感觉！

前面又有一个弯道。雪道在高高的堤岸之间，越来越窄，有点像切开一半的管道。艾登转弯的速度很快，足以让他冲上雪道上的斜坡，然后又滑下来。

正前方又出现了一个弯道。刚过了这个，还没来得及喘气，下一个又来了。原来这是一连串之字形的转弯，一个比一个陡。艾登一个接一个地滑，每一次都冲得比上一次高，头也越来越晕。

他突然就离开了狭窄地带，雪道再次变得宽阔，坡度也平缓了。宽度几乎和蓝道一样了，但雪面更加粗糙，雪下有一些障碍物，不过避开它们并不难。黑道的雪比蓝道更加松散，艾登的滑雪板总会扬起雪花。

艾登心想，这粗糙的雪面到底是故意设计的，还是工作人员还没有时间清理？他开始怀疑是第二种可能，因为雪道两边没有黑旗子了，工作人员还没来得及插，滑雪场还没有可以滑黑道的游客。不过也没事，艾登能看到前面的路。

但他看不到女孩子们了。她们在哪儿呢？他想自己是不是过之字弯道过得太快了。乔虽然滑得快，但要在后面陪着姐姐。艾登马上放慢了速度，就这么把她们丢在后面让他有点内疚。

但女孩子们很快就出现了，和他相隔只有二十米，看来爱玛滑得还不错。她们向他招招手，他也挥了挥手，再继续往前滑。雪道越来越陡，他的速度加快了。

雪道再次变窄，艾登几乎是九十度急转弯，然后穿过一个小树林。在这之后，雪道又变宽了。前方五十米处突然出现了两条路，他仅有几秒的时间做出选择，几乎没有时间停下。选哪一条呢？

第 十 章

滑得太远了

艾登发现其实很容易看出哪一条是主道。两条之中，一条是狭窄陡峭的小道，另一条则很宽，穿过树林，通向另一个方向。艾登把滑雪板对准更宽的雪道，显而易见的选择。

又一个弯道出现了，这回雪道缩窄，只有十米宽。然后是很长一段的直线，雪面起起伏伏，像是巨大的涟漪。

艾登兴奋地冲过狭窄的通道，高高的雪堤和大树从两边掠过。肾上腺素飙升！每次滑上一个雪坡，艾登都看不到前方的东西，就好像世界的另一边都消失了一样。但雪坡一个接着一个，世界从不会真正消失。每一次滑过小坡都像是飞了起来，感觉胃在身体里漂浮，整个人都变轻了，直到在引力的作用下，他再次落到雪地上，继续全力向下一个雪坡进发。

"艾登！别滑得太远了！"他隐约听到爱玛在身后喊道。

是得慢点，他有些不耐烦地想。他们在不熟悉的地方，应该统一行动，但是这太好玩了！

下一个雪坡就在眼前，和之前一样，艾登又看不到前方的雪道了。他的速度太快，已经没法在雪坡之前停住了。如果现在就减速，滑过雪坡的时候只会慢慢地上去，没什么意思。"最后一次！"他叫着，弯下膝盖，身体前倾，再加一点速就更好玩了。

艾登笑着滑上雪坡，坡顶朝天，仿佛前方就是路的尽头。他越过雪坡，飞向空中，心和胃也飞了起来……

天哪，艾登一下子睁大了眼睛，前面真的没有雪道了！就在几米外，地面消失了。

"啊！"

艾登转过身，雪板和前进方向平行。雪花飞溅，他侧着身向悬崖滑去。

发生这一切只用了几秒。艾登虽然已经减速，但仍然不够及时。他想起了前一天自己给爱玛的建议："摔倒就好！"

还是太晚了，地面消失了，世界在他眼前旋转。雪块，小树林，数百米的深渊。

在一团白雾之中，他摔下了山崖。

第十一章

小型暴风雪

艾登遭遇过一次暴风雪，他可不希望再经历一次那种事情。

那次暴风雪来袭的时候，空中的降雪之多，让他根本无法分清上下左右。天空和地面混为一体，全世界都是白色的。他知道只要踏出避难的船只几步，就会迷路。

现在他又身处暴风雪之中了。他顺着山边往下掉，好似一整座山的雪都在他周围掉落。

直觉告诉他应该保持直立的姿势，他还真做到了。他惊讶地发现有什么东西托住了他，哪怕他还在往下掉。

在艾登摔下来之前，山崖上积了很多雪。积雪和艾登一起掉落，艾登踩在了雪上，雪帮助他减慢了速度。

他刚想明白其中的缘由……

"啊！"

艾登撞上了硬的东西，脸朝下摔倒在地。更多的雪掉落下来，艾登半个人都被埋在了雪里，但至少他不再往下掉了。

他用胳膊把自己撑了起来，雪随之抖落下来。他摇摇头，让视线清晰起来。

他没有像担心的那样掉落几百米。他只下坠了四五米，身处一块小岩壁的底部。岩壁在陡峭的山坡之上，之前被悬崖的边缘遮住了。

艾登还没看清四周的情况，就听见上面有尖叫声。雪如雨下，爱玛和乔也跌落下来，跟他的方式一模一样。艾登赶紧站起身避开，滑雪板仍埋在雪地里。

也刚好有足够的雪让她们慢下来。爱玛和乔在自己引发的小型暴风雪中落地，跟艾登的姿势一样，也摔得四仰八叉。

艾登等了一会儿，确保没有别的东西掉下来后，赶紧去帮她们起身。

"还好吗？有没有受伤？"艾登很担心，先问了爱玛，又问了乔。她们看上去都有点恍惚，艾登觉得自己之前大概也是这样的状态。她们一边重新站起来，一边抖掉身上的雪。

他们三人环顾了一下四周，看到一边是悬崖，其他三面被冷杉林环绕，树枝因积雪的重量而低垂下来。

然后他们一起抬头朝悬崖上看去。

艾登摔下来的时候，悬崖上的雪堆随之坍塌，剩下的雪跟着女孩子们一起掉了下来。现在在他们眼前的，只有四米高的岩壁。

哪怕是在温暖的夏日，艾登也不想爬上去，更别说今天了。他要脱下手套才能抓住岩石，要脱掉雪靴才能踩上岩缝和岩架。他的手和脚会被冻僵，大概率还会掉下来摔断脖子。

他们三人被困在这里了。

第 十 二 章

错误的选择

爱玛看到弟弟吞了吞口水，像是吃进去了难吃的食物。

"对不起，"他说，"都是我的错。我滑得太快了。如果我们一起滑，我就会滑得慢一些，或许就能看到悬崖，然后及时减速。"

"我们也滑得太快了。"爱玛说。

"我们都选错了路。"乔说，"宽阔、简单的雪道，还是狭窄、陡峭的雪道，我们做选择的时候，应该确保选到了正确的那条。不过，都别自责了，都已经到这儿了。其实情况也没变，我们还是要去缆车站，现在只是要多花点时间。地上有雪，我们有滑雪板，我打赌两三个小时就能到。缆车站在山脚，我们只要背对着山一直往下滑，就不会迷路了。"

"好吧。"爱玛想了一会儿，说，"但是，从哪里下去呢？我们刚才应该左转的……"

"那我们现在向左走？"艾登建议。

"但是雪道转来转去的。"爱玛指出，"如果左转之后又要右转呢？"

"我们必须确定一个方向。"乔说，"只是随意地滑肯定是不行的。不论缆车站在哪里，我们知道山脚下有公路。所以只要往下滑，肯定能找到公路。那里可能会有缆车站的标志，又或者我们可以拦一辆车问问。你们觉得呢？"

"同意。"爱玛和艾登想了一会儿说。爱玛向树林里望去，"我在想，这里和地面之间的路况是怎么样的。我们只在雪道上滑过雪，这跟越野滑雪是两码事吧。"

"是的，确实很不一样。越野滑雪的时候会用越野滑雪的滑雪板，跟你们之前学的不一样。但我还是能教你们的，用普通的滑雪板也行，你们会习惯的。"

艾登又想到了什么："我在想酒店墙上的地图。如果它是对的，山上大部分的地方都被树林覆盖了，但也有一些山谷和开阔之处。"

"听上去不错。"乔看上去很满意，"树林虽然会拖慢我们的速度，但我们可以在山谷里加速，弥补失去的时间。"

他们三人从雪里挖出了滑雪板和滑雪杖，重新穿上滑雪靴，又喝了艾登包里的水，吃了一些零食。

"这肯定比在雪道上滑难多了。"艾登指出，"我们需要补充能量。"

乔突然想到了什么："在树林里穿行时，我们大概没法走直线。不一定都是下坡，也不是总能看见前面的山路。我们要现在就找准方向，这样才能一直朝正确的方向前进。贝尔·格里尔斯是怎么用他的手表来着？"

"你是说，把手表当指南针用？我会。"爱玛说。

她拉起左边的袖口，露出里面的手表，然后努力回忆要怎么操作。

"平着放好，"艾登提醒她，"对准……"

"时针对准太阳。"爱玛也想起来了，她调整手腕的角度，让时针对着太阳，"南边是……"

"时针和数字12中间的位置。"艾登接着她的话说。

艾登眯起眼睛，顺着表盘上想象中的直线看去。

"所以，那边是南边。"爱玛指了指说，"从这里开始下坡……"

"应该说是西南边。"乔说道,"好的,那就是我们行进的方向了。我们排成一列出发吧,我打头阵,艾登,你滑得比较好,压后,爱玛在中间。"

"没问题。"艾登说。

虽然要被弟弟照顾,但爱玛也没提出反对。乔是这方面的专家,要相信她的意见。

一个跟着一个,三人朝树林中进发。

小贴士

将手表的时针对准太阳,时针和数字 12 之间的方向就是南方。

第 十 三 章

越野滑雪

"这里跟上面的感觉不一样。"爱玛听见艾登在身后说。

他说得没错,爱玛心想。三人在树林里滑行。乔在前面,爱玛和艾登在后面跟着。乔经常要停下来确认方位,用爱玛的手表对准林中的阳光。

"感觉更暖和了。"爱玛说,"虽然还是很冷,但好一些了。"

"我想树林可能会锁住一些热量。"

"或许是的。而且……"爱玛四下看了看,思考着能表达感受的那个词是什么，"我感觉更舒服了。"

被树林包围时，光线跟之前很不同。她之前习惯了太阳光从雪地的各个方向反射上来，而在树林里，到处都有树干和阴影，没有什么空旷的地方。

"这是好事。"艾登说。他们依然纵列滑行，爱玛看不见艾登，但感觉他在笑，似乎在酝酿一个笑话。

"为什么？"她谨慎地问。

"我们不会再像之前那样，不受控制似的滑得那么快了。因为还没等我们加速，就会撞到树上。"

"呵呵。"

除了这一小段对话，他们基本没怎么说话，注意力都集中在滑雪上。艾登和爱玛都发现越野滑雪和雪道滑雪是如此不同，不仅仅是树多而已。

爱玛之前已经习惯了干净平整的雪面，这里的雪可不是这样的。它们覆盖在掉落的树枝上，凹凸不平。她无法就这么轻松地滑过去，而是要更多地用雪杖去推。脚下的动作也更多，要踏着大步。

爱玛之前也习惯了滑下坡。她想着他们现在应该也会以下坡为主，毕竟是沿着山下行。但是山路起伏不断，有时候平坦，有时候上坡。

她之前更不需要老是弯腰低头。在雪道上滑雪的时候，肯定不会撞上跟脑袋差不多高，或者更低的树枝。但越野滑雪时，这是常事。爱玛尽量绕道而行，可有时候实在别无选择，路太窄，或是有掉落的树枝挡道，她只能低头钻过去。

唯一的一点安慰是，艾登比她高（虽然晚出生九分钟），头要弯得更低才行。

爱玛发现前面的光线变得更加强烈了，原来是他们要滑出树林了。乔在前面等着，爱玛在她身边停下。他们身处一片空地的边缘，前面有一个很陡的上坡，大概十米的样子，然后就又是树林了。要滑上去的话，这是相当长的距离。

"我们要怎么……"爱玛刚问到一半,艾登就跟了上来,她朝他看了一眼,吓得倒吸一口气,"艾登!你怎么了?"

他咬着嘴唇,脸色看上去比平常苍白许多,很明显哪里不舒服。

"没事啊。"艾登嘟囔着。

"肯定有事。"乔立刻纠正他的说法,"别逞强,对大家都没好处。"

"我的滑雪靴……"他承认道,"痛死了。"

第十四章

左脚，右脚

　　爱玛看了看艾登的滑雪靴。

　　"是很挤脚吗？"她说，"我也有这种感觉。越野滑雪的时候，脚比平时要动得更多，所以老是撞到鞋子上。脚不习惯我们以这种方式滑雪……"

　　"是啊，"艾登喃喃道，"我知道。什么都跟之前不一样，这是另一件要习惯的事情。"

　　"有多严重？"乔问，"你可不能受伤。"

　　"就是痛。"艾登苦笑着说，"之后肯定会出现一些巨大的水泡，其他应该没事。"

"好吧。"乔最后看了艾登一眼，然后就转向上坡，"我要教你们怎么上这种坡。如果我们穿了越野雪靴，上面会有特殊的防止后滑的材料，没有的话，我们也有两种上坡的方法。你可以侧着走，让雪靴和山坡平行，这样就不会滑下去，但是速度会很慢。另外一个方法更快。"

乔突然向前冲，像是用滑的方式上去的。她一下子就到了山顶，站在那儿朝他们笑着。

"你们看到我的脚是怎么做的了吗？"她用手做演示，手掌并排放在一起，几乎是手腕贴着手腕，手掌和手指朝两边张开。"身体前倾，爬坡的时候脚往前踢，换脚的时候不要等，左右，左右，不要停顿。保持向前的动力，这样就不会向后滑。爱玛，试试！"

爱玛深吸一口气，做好准备。她看了艾登一眼，艾登朝她竖起大拇指，表示鼓励。

她全力向前冲。

踢左脚，踢右脚……

没想到她真的做到了，她在向上滑，没有往后退。

"脚可以并拢一点。"乔喊道，"不用像鸭子一样走路！"

在不打破节奏的情况下，爱玛让两只脚离得更近了，但比一般走路时的角度还是更大一些。调整过后，她走得更轻松了。

没过多久，她也骄傲地爬到了坡顶，站在乔的旁边。

"到你了，艾登！"乔叫道。

艾登记住了乔给爱玛的建议，两个滑雪板离得很近。爬了大概一半，一个滑雪板开始往下滑，他试图保持平衡，两手伸开就像风车的叶扇，但还是脸朝下摔倒了。

他自己爬了起来，脸上带笑地走完了剩下的路。

"摔一下也好！"他心情愉快地说。

艾登穿好滑雪板，三人转身去看前方的路况。

他们所处的位置是一个小山丘的顶部，接下来大概有二三十米的下坡，然后又是森林，面积不大。

"看起来只是很窄的一条树木带。"艾登观察着，"在这之后，又是开阔的雪地。"

"又或者是悬崖。"爱玛小心地提醒，"可能没有树，就只剩空气了。"

"但我们还是要往那边走。"乔实事求是地说，"我们小心一点。如果是没有树的山谷，那就能帮我们节省时间了。走吧。"

他们用平行转弯的方式下坡，有那么一分钟，好像回到了雪道上，然后他们又进入了树林之中，需要小心慢行。爱玛已经能看树林之外的阳光了，那就更要慢慢滑了。他们已经掉下过一次悬崖，这才落得如此境地，可不想重蹈覆辙。

没走多久，乔就在树林边停了下来。爱玛也说不清为什么，乔站立的姿势让她警觉起来。

"是悬崖吗？"她大声问道，还好乔摇了摇头。

但爱玛知道，前方一定有意料之外的状况。

爱玛在乔身边停下，惊讶得张大了嘴巴。

艾登也到了，他吹了一声口哨。

在他们三人面前的，是满目疮痍的景象。

第 十 五 章

被摧毁的树林

　　爱玛、艾登和乔走入了一个盲谷，就是只有一个谷口的山谷。山谷大概半英里宽，也可能更宽，在积雪的陡坡之间蜿蜒。大概几英里远的地方，山谷弯过一个山腰，更远的地方就看不见了。

　　远处的山坡和谷底都是平整的白色，没有树木生长。爱玛想象了一下冰雪消融后的景象，脑中浮现出来的是长满青草和鲜花的山坡，一定很美。现在白雪皑皑，很适合滑雪。到谷底后，应该能加速前进。

如果他们到得了的话。山谷的这一边，横在他们面前的地方，简直像是战场。从山坡到谷底，数百棵冷杉全都伏倒在地上。空气中弥漫着浓浓的树脂的味道，这是冷杉折断的味道。

爱玛发现所有的树都倒向山下，就像是有人小心翼翼地用玩具做了一个树林，然后刷子一扫，玩具树就都倒下了。

"为什么会这样？"艾登问，"是很厉害的暴风雪吗？"

乔摇了摇头，抬头朝谷顶看去。

"不是暴风雪。"她说，"是雪崩。"

艾登和爱玛也马上抬起了头，跟随乔的目光望向头顶的山脊。他们对雪崩了解不多，但知道雪崩是什么。大量的积雪从高处沿着山坡滚下，这种现象就叫雪崩。假如雪崩还有可能发生的话，他们头顶的方向就是雪可能掉下来的地方。

"向前走还安全吗？"爱玛问。

乔想了一会儿才回答："我觉得应该安全。有测试雪崩是否可能发生的方法，但是我们要在更平整和开阔的雪地上才能做。过了树林之后，我再教你们，现在你们可以先看看那里。"

乔把雪杖指向谷顶，来回摇晃。

"雪崩不会凭空发生。"她说，"我们能看到，它是一点一点积聚的。雪崩来临之前，山脊上会堆着厚厚的积雪，一层又一层，叠得高高的。直到轰隆一声，雪堆会毫无征兆地滚落下来。你们觉得这个坡有多少度？"

爱玛仰起头想了想，"我猜四十度。"

"没错。最危险的角度就是三十到五十度。小于三十度，坡度不足以让雪自己滑下来，超过五十度，雪就会直接掉下来，不会积聚造成危险。这两者之间的话，呜呼。"

乔的雪杖指向倒下的树林。

"我知道雪崩能把人埋住，但从没想过破坏力

雪崩求生知识一

最容易发生雪崩的坡度
是三十度到五十度之间。

会如此之大。"艾登说,"大到可以摧毁一整片森林。这是雪啊!雪飘落下来时是这样轻柔,真让人意想不到。"

乔笑了:"那可是十万吨的雪以每小时两百英里的速度移动。十万吨的任何东西,都是不可小觑的。"

爱玛的目光越过大片倒着的树,朝远处望去。

"我们要穿过这里,对吧?要到谷底去。"

"如果那是我们要去的方向的话。你能帮忙确认一下吗?"

爱玛再次把手表对准太阳,估计出南边的方向。

"沿着山谷向前走。"她确认道。

艾登上下左右都看了一遍后说:"没有其他的路下去了。"

"那我们先再喝点水,吃点东西,接下来的这段路会很辛苦。"乔说,"我们要脱掉滑雪板步行。"

他们按照乔说的做了。爱玛知道，他们根本无法穿着滑雪板，从这破碎的雪面和倒下的树木之上滑过。他们吃完了艾登背包里的最后一点食物，喝完了最后一些水。

"我们可以再装点水。"爱玛说。

"是的……"艾登若有所思地说，像是在试图回忆起什么。爱玛疑惑地看着他。艾登又摇了摇头，"之后会想起来的，先加水吧。"

无须多言，他们都知道要怎么做。三人蹲下，舀了雪放在瓶子里，再把瓶子放在滑雪服里，用体温将雪融化，变成可饮用的水。

他们踢掉滑雪板，挂在肩膀上，开始穿越倒下的森林。

小贴士

在雪地中可以用这种方法得到饮用水。

第 十 六 章

别逞强

艾登抬腿跨过一根倒下的树干，一阵刺痛从脚趾一直扩散到整只脚，他不得不咬紧嘴唇，脸色很难看。

他再抬起另一条腿，想努力追上女孩子们。还好落在最后了，她们看不见他的样子，因为他已经越来越难掩饰住疼痛了。他之前跟她们说简直快痛死了，可一点也没夸张。

乔跟他说过，别逞强，对大家都没好处。艾登很清楚现在的情况，这正是他不告诉她们自己脚很痛的原因。他不是在逞强，只是这样做对他们三个是最好的。如果说出实情，唯一的解决办法就是其中一人（应该是爱玛）留下陪他，另一个（应该是乔）独自前进。他确信他们三个应该在一起，如果有人单独行动，遇到危险就没有任何人帮忙了。

真实的情况是，从早上穿上滑雪靴开始，靴子就一直在磨他的脚。在度假村的时候还不算太糟，那时候靴子还只是在做它正常要做的事情，也就是在雪场滑雪。他一直跟自己说，如果太难受，随时回酒店换一双就可以了。

然后意想不到的事情发生了，他们不得不在野外滑雪，回度假村的唯一方式就是找到缆车。这么一来，他的脚可受苦了。

现在，他不仅要走路，还不能一步一步地好好走。而是走了又停，停了又走。走不了几步，就要跨过倒下的树，绕过雪堆，然后小心地踩过一片软乎乎的地方，稍不注意，就会踩空掉下去。

他现在几乎敢肯定，两只脚都已经磨破皮了。艾登听说如果能忍住痛，最后就没感觉了，希望这个时候赶紧来。

不管怎么样，他们还在不断前进，艾登没有被女孩子们落下。回头望去，艾登估计已经走过树林的一半了。用不了多久，他们就可以再次穿上滑雪板，在平整的雪面上滑行，那就容易多了。脚还会痛，但不会像现在这样难熬。

艾登找了一根树干靠着，想喘口气。是不是越来越热了？还是只是他的想象？乔和英杰跟他说过很多次：别出汗，慢慢走，别热着了。出汗的目的是降温，但在这样寒冷的天气里，出汗可能会导致致命的失温。失温的时候，身体为了保护心脏，会抽走肢体末端的血液，包括大脑。大脑慢慢停止运转，就会导致死亡。

"千万不能失温。"他喃喃自语道。毫无疑问，他觉得越来越暖和了。艾登模糊地记得从贝尔·格里尔斯那儿学到的一个数据，海拔每下降三百米，气温就会上升大概二摄氏度。

"贝尔·格里尔斯！"他突然叫道。女孩子们闻声都停下了脚步，回过头来。

"他怎么了？"爱玛问。

"我想起来我刚才想到什么了。贝尔·格里尔斯说过，松树的大部分部位都是可食用的。这些……"他向四周挥挥手，"都是松树！"

第 十 七 章

松树果腹

"试试这一棵?"爱玛建议。艾登旁边就有一棵倒下的树,他们戴着手套用手把雪清走,让松树露出更多的部分。

"看着不错!"乔说。

树上有一根垂下的树枝,应该是被大雪压断的。他们扭了几圈,树枝就完全从树干上折断了。接近折断处的树皮已经裂开,很容易就能剥下来几片。如果把树皮放在面前,能闻到松树的香气,闻起来比看起来好吃。

"要是有刀就好了。"乔笑着说,"英杰你在哪儿啊,我们需要你。"

几周前,他们被困在暴风雪中。那时候,她哥哥的刀子派上了用场,可以切鱼,也可以做很多其他的事情。

"松树挺软的。"爱玛说,"放下树枝……"

乔把树枝放在雪上,爱玛用滑雪杖带尖的那一端挖了一些新鲜的松树芯。树皮下面的木头颜色较浅,软软的。

"试试这些。"

她放了一些松树芯在手里,让艾登和乔拿走。

"一起吃?"艾登说。

"好的。"爱玛说,"一二三……"

他们每人放了一片到嘴里,嚼了嚼。艾登看着女孩子们若有所思的表情,不禁笑了起来,连脚上的疼痛都忘记了。

"很……有嚼劲。"他嘟囔着,"有点像……

松树的大部分部位都可以食用，可以当作应急食物。

芹菜?"

"松树味的芹菜。"乔表示同意。

"不算难吃。"爱玛一边说着,一边又咬了一块。

"而且富含卡路里。"艾登说,"这也是贝尔·格里尔斯说的。如果能烧水,还可以用松针煮茶。"

"那得等下次了。"乔说,"但是或许我们可以带一些路上吃。"

爱玛用雪杖又砍下来一些树枝,放到艾登的背包里。之前放在瓶子里的雪已经融得差不多了,刚吃了树枝,刚好可以喝几口水润润嗓子。喝完了水,他们把水瓶再放到滑雪服里,然后捡起滑雪板。女孩子们转过身去,准备出发,继续完成树林穿越。

艾登心情沉重地看着她们的背影,过了一会儿,才抬起脚。

"哎哟喂。"艾登马上痛得叫了起来。

爱玛回过头来:"你还好吧?"

"没什么忍受不了的。"艾登回答说。这不算是撒谎，因为他决心要坚持下去。如果他们三个要下到山底，就别无选择。

爱玛歪着头问："艾登，你怎么一瘸一拐的？"

他笑了笑："地面不是很平。"这么说也没错，地面确实不平。就算双脚健全，也没法像平常那么走路。

"好吧。"她认真地看了看他，最后还是转身去追乔。艾登咬紧牙关，也跟了上去。

第 十 八 章

雪崩测试

爬过最后一棵树时，艾登如释重负。几米之后，他们又回到了雪地上，视线范围内都是平整的雪地，一直延伸到谷底和山坡之上。

"终于！"艾登没有掩饰自己高兴的心情，因为他从女孩子们的脸上可以看出，她们也是这么想的。"希望不要再走这样的路了。"他把滑雪板放在地上，"好的，继续前进吧。"

他心想，只要重新穿上滑雪板，就没人能看出他瘸着走路了，脚也有机会休息休息。

乔环顾了一下四周。

"出发之前，让我教你们怎么看会不会有雪崩。"她说。

爱玛和艾登马上朝谷顶看去。这里看到的跟之前差不多，都是光秃秃的岩壁，没有明显的积雪，他们猜测目前应该是安全的。

但是山坡的角度还跟之前一样，乔说过这是危险地带。

他们跟着乔走到山坡上，能确定雪地角度的地方。

"雪崩是多种因素同时发生的结果。"乔说，"其中一个原因是雪没有黏合在一起，只是一层叠着一层，很容易滑落。所以，最简单的办法是这么做。"

她把滑雪杖插到雪里，再用力压深。

"你们也试试。"乔说。爱玛和艾登照着做了。艾登觉得雪杖很顺利地滑了进去，虽然有一点阻力，但并不是很大。

"这是好的现象。"乔笑道，"你看，不论多深，阻力都是一样的，对吗？这就说明雪紧紧地黏合在一起了。如果你觉得有一层层不同的阻力，那说明雪也是一层层的。"

"这就具备雪崩发生的条件了。"爱玛说。

"没错。"乔微笑着说，看着爱玛和艾登互相击拳，"还有另一种测试的方法。"

她蹲下来，挖出两条平行的雪沟，相隔大约二十厘米。然后又在两条雪沟末端，挖了第三条，连接前两条雪沟。也就是说，她挖出了一个正方形的三条边。

爱玛和艾登互相看看，也跟乔一样挖了三条沟。

"现在，这么做。"乔说。她弯身将前臂放在两条平行的雪沟里，双手则放在第三条雪沟里，十指相扣。

"现在试着往后拉。"

可以用检查雪是否黏合牢固的方法来检测当地是否有发生雪崩的危险。

她向后用力，试图拉动扣在一起的手。但不论她怎么用力，手都一动不动。

片刻之后，双胞胎也学着乔的方式使劲拉。艾登惊讶地发现，雪很牢固，阻力很大。

"我猜这也代表雪压得很实？"艾登想了想说。

"如果雪是一层层的，我们拉的时候就会散开。"爱玛补充说。

乔站起身，拍了拍腿上的雪。

"现在你们知道两种测试的方法了。当然，你们还可以用眼睛看，观察坡度，观察坡顶的积雪情况。"

十万吨的雪啊，艾登又想起了乔说的话。

"如果遇到雪崩，有生还的可能吗？"他问，"我听过有人活下来了。"

"有可能的，"乔说，"如果及时获救的话。"他们三个开始重新穿上滑雪板，乔接着说："如果没有马上被压死，那说明你应该离雪面很近。哪怕如此，落下来的雪就跟水泥一样沉，如果十五分钟内没有获救，你就会窒息而亡，这也是大部分人死亡的原因。你有可能完全无法呼吸，也有可能鼻子和嘴边呼出的二氧化碳越来越多，但无路可逃。遇到雪崩最有可能自救的办法，就是在还可以动的时候，给脸部周围留有空间。

"是什么引发了雪崩？"艾登问。

乔耸耸肩。"积雪的重量，山坡的角度等等，一切时机成熟时就会发生。也有可能被什么东西触发，比如很大的声响产生的冲击波。护林员会故意从直升机上丢下弹药，在没有人的时候引发雪崩。"乔笑着看了看爱玛和艾登，"我们已经向下走了很多了，再过几个小时，应该就可以见到马路，或者缆车站了。加油吧！"

乔朝前走了几米，又回过头来。虽然她仍然在笑，但眼神严肃。

"对了，记得别弄出大的声响。"

第 十 九 章

进入山谷

还有几个小时，我可以的。艾登咬着牙想，脚上的刺痛又发作了。

他们三个现在不需要再排成纵列了，道路宽阔，可以并排而行，乔在中间，爱玛和艾登在两边。他们认真地向前滑，都没怎么说话，也没什么可聊的。这可不是郊游，他们因为犯了错误才陷入这个境地，现在必须摆脱困境。

而且这么长时间里，他们只吃了艾登带的零食和一点松树枝。虽然总比什么都没吃好，但没有饱餐一顿，就没什么力气，要好好保存体力才行。

在谷底行走时，三人都关注着山顶的情况，雪开始堆积起来了……

雪崩摧毁了身后的那片森林，也让那个山坡变得安全。继续前行，山谷两边裸露在外的岩石越来越少。乔说过，堆积起来的雪可能会向外倾斜，虽然目前看起来还没有，但是山坡的角度是在危险范围内的，目测是三十度到五十度之间。从坡底到坡顶，雪都平平整整的。乔几次都想停下来再做一次雪崩测试，把雪杖插入雪中，看看有多少阻力。

与此同时，艾登已经习惯了脚趾的疼痛，不再有磨破皮的感觉了。有一个微弱的声音在告诉他，这是因为他的脚上已经没有皮了，他忽略了这个声音。

他们刚走进山谷的时候，看到几英里远的地方有一个转弯处。现在他们走近了这个转弯处，看到前面的山谷蜿蜒曲折，像是黑道上的转弯的放大版。山谷的方位先是有所改变，然后又转了回来。从这里看来，远处的下坡很陡。

走到转弯处的路微微有些上坡，艾登和爱玛都尝试了乔教给他们的上坡技巧。乔先爬到了坡顶，另外两人喘着气也上来了。站在最高点，整个山谷尽收眼底。

转弯过后的路比他们之前爬过的路海拔要低，而且……

"太好了！"艾登叫道。

两段路之间是平整、洁白的雪地。艾登的眼睛一下子亮起来了，想到可以全速往下冲，所有的疲惫和脚上的疼痛都消失了。

"最后一个滑下去的是胆小鬼！"

他举起雪杖，就准备要飞出去。

"等等！"

乔把雪杖挡在艾登的胸前，不让他向前。

"怎么了？"他惊讶地看着她。

爱玛歪着头研究了一下坡道。"这……不知道为什么，看上去不太一样。"

"是的。"乔说。看到艾登不会再冲下去了，她松了口气。

"看啊。"乔用雪杖敲了敲坡顶。

咚、咚、咚。

听上去像是在敲石头。

"这是冰。"她说，"这里完全没有松散的雪。这是雪融化后又再次结成的冰。看上面。"她朝山上挥了挥雪杖，"看到那块大石头了吗？我们在它的正下方。我敢打赌，就是那块石头挡住了阳光，所以这里的冰不会融化，只会在寒冷的天气里越变越硬。"

"这样啊。"艾登蹲下身来，仔细研究了一下地面，"问题出在哪里呢？"

"这就像是在溜冰场滑雪。"爱玛意识到了问题所在，"一个倾斜三十度的溜冰场，你根本停不下来！"

"正是这样。"乔肯定了爱玛的说法，"正常的滑雪至少需要一些松散的雪在表面。这样我们想要刹车或者转弯的时候，就会有摩擦力。如果没有这样的雪，我们只会越滑越快，越滑越快，直到以每小时四五十英里的速度到达山底。结果大概就是摔断脖子。"

她笑着问艾登："是不是很庆幸我挡住了你？"

第 二 十 章

滑降

　　"是啊!"艾登真诚地说。他试图不去想如果以每小时五十英里的速度摔到山底,会是什么情况。"谢谢!"他说。

　　"所以,我们怎么下去呢?看起来这里全都结冰了。"爱玛问。她沿着他们所在的山脊的顶部看了一圈。山坡的两边都是垂直的岩壁,看不到有什么办法可以绕过去。

　　乔想了一会儿,说:"有一个办法。我看贝尔·格里尔斯做过,但自己从没试过,叫作……"

她皱起眉头努力回忆，"英语是 glissade①。我们可以从冰上滑下去，但是要十分小心，控制速度，不能一直加速。"

她开始脱掉滑雪板。

"能控制速度就太好了。"艾登说，"所以，我们要怎么做？"

"首先……这样。"

乔脱下滑雪板，轻轻一推，雪板滑过坡顶，然后突然在冰面上急冲而下，像是装了火箭一样。

"哇！"艾登深吸一口气，他的脑子里浮现出真人以这样的速度下滑的画面，一旦有任何差错，很可能折断骨头，甚至脖子。"滑雪板可能就是我们。"

"我不可能安全地把滑雪板带下去。"乔说，"我们有可能因为滑得太快而骨折，也有可能摔倒。

---

① glissade：在冰镐的帮助下从雪坡或冰坡上滑降。

所以，你们也先把雪板推下去。"

无须多言，爱玛和艾登很快就把滑雪板踢了下去。

"我们得注意它们滑到哪儿去了。"爱玛的眼睛一直追随着滑雪板，"之后还要用呢。"

"那滑雪杖也要扔下去吧？"艾登说着，举起了自己的滑雪杖，乔马上伸手去阻止他。

"我们每人需要用一根，另外一根可以放到你的背包里。"

她打开滑雪杖上面的锁扣，把杖杆调到最短。艾登和爱玛也照做了，缩短后的杖杆就放进背包里，然后艾登把背包扔了下去。

"大家坐到边上来。"乔一边说，一边用双手握住滑雪杖，腿悬在冰面上。艾登和爱玛分别坐到了她的两边。

"我们一个一个滑下去。"乔继续说，"如果一起滑的话，很容易撞到对方。好了，准备。"她的手指按在额头上，闭起眼睛。"贝尔·格里尔斯是怎么做的来着？我想我应该记得。"

"应该？"艾登忍不住问。

乔笑了起来。"百分之九十肯定。我们用这个姿势滑下去，或者说，以这个姿势开始，然后努力保持住。腿先放好，坐下，微微朝后仰。头是最重的，核心的重心在这里。"她拍了拍屁股，"所以，如果头的位置比屁股靠前，就会翻跟头。"

"所以，我们向后仰。"爱玛重复道，以做确认。

"但是也不能太靠后。"乔马上说。

"这样的话就会向后摔倒。"艾登意识到了问题，"哇，滑下冰坡还有不少学问呢。"

"如果姿势正确的话。"乔笑了起来，"滑下去的时候，保持双腿在前，微微弯曲，作为缓冲。如果腿伸直，任何颠簸都会直接冲击膝盖和屁股。"

"感觉它们就像是弹簧。"艾登说。

"还需要用双脚控制方向。"乔补充说，"准确

身体后仰

膝盖弯曲

脚跟抬起，必要时
用脚跟调整方向

双手抓住滑雪杖，
紧急时用来刹车

雪崩求生知识四

　　千万不能在冰面上使用滑雪板，可以用图中姿势滑下陡峭的冰面。

　　快到底时，扔掉雪杖，改为趴着的姿势，手指和脚趾使劲插入雪中，帮助自己停下。

地说，是用脚后跟。冰面上肯定有让你偏离轨道的东西。如果开始朝左转，就压右脚跟，反之亦然。方向摆直后，就可以重新抬起脚了。"

"这样呀。"爱玛眯起眼睛顺着冰坡往下看，"听起来不错，但是我们最终还是有可能滑得特别快。"

"最后的细节在这里。"乔摇了摇滑雪杖，"这是刹车。"她双手握杖，放在腰间，尖头的部分几乎碰到了地面。

"需要用双手抓住，因为如果只用一只手，速度快了可能会脱手。当你觉得速度太快的时候，就把雪杖插到雪里。不过这有可能会让你转弯，所以也要用脚跟控制方向。如果你觉得速度实在太快，快要失控了，就变成趴着的姿势，用全身的力气压住雪杖，让自己完全停下。"

"最好慢慢滑下来，哪怕像初学者也没关系，总比滑得太快好。"艾登表示同意。

"滑到底的时候，怎么停下来呢？"爱玛问，"还用雪杖？"

"用雪杖可能还是不够及时。扔掉杖杆，因为周围最好不要有尖锐的东西。转身趴着，手指和脚趾使劲伸进雪里。"乔叹了口气，"应该就这些了。我以前也没试过，我会先下去，看看情况如何。"

乔紧紧抓住雪杖，随时准备插入雪中。脚跟往下压，身体后仰，猛地一松，她滑下去了。

第 二 十 一 章

慢慢旋转的海星

双胞胎目不转睛地盯着乔。

他们的朋友已经冲下了山坡。仅仅几秒钟，爱玛估计速度就已经达到每小时三十英里了。

爱玛深吸一口气："她要摔了！"

看上去乔的身子确实倾斜了，但最后一刻又找到了平衡。

"她现在滑得太快了……"艾登的话还没说完，乔已经把雪杖插进了雪里，艾登还没来得及看清楚，乔就突然减慢了速度。

但使用雪杖也让她偏离了原本的轨道。他们看不到她是否用了脚跟调整方向，就算用了，也没有起到作用。乔斜着滑下山坡，速度又变快了。好在有雪杖的帮助，她才不至于失控。

还有十米到底的时候，乔按照自己的建议转成俯卧的姿势。最后，她所有手指发力，像海星那样缓慢地在冰上旋转，终于停了下来。

艾登和爱玛屏住了呼吸。乔一动不动。

"她是不是撞到了……"爱玛正说着，只见乔用手臂把自己撑了起来，笑容灿烂地看着她的朋友们。

"十分满分的话，可以得八分！"她喊道。

"看上去可行。"爱玛大声回复说，"太好了。"

"有什么建议吗？"艾登问。

乔想了想说："后来我意识到，应该选一个目标点。如果没有的话，很难知道自己有没有偏离轨道。所以下一个滑下来的人，瞄准我，我保证站着不动。"

爱玛和艾登互相看了看，然后异口同声地说："你先。"他们都笑了。

"你今天才学会滑雪。"艾登说，"不能让你一个人留下。"

"但我们俩谁都没滑降过。"爱玛说，"我比你早出生九分钟。你先滑，算是对你的补偿。"

他无奈地笑笑："好吧，毕竟你是姐姐。"

他挪到山坡边，抓住雪杖，脚一踢，滑了下去。

作为目标，乔一动不动地站在山底。爱玛看着飞速下降的弟弟，心想乔可得及时避开啊，如果需要的话。

"啊！"艾登的尖叫声把爱玛吓得跳了起来。虽然她习惯了弟弟兴奋时大喊大叫，但这个叫声听上去是因为疼痛而发出的。她伸长脖子，想看看出了什么问题。

才滑到一半的时候，艾登就扔掉了雪杖，像海星一样趴在雪上。爱玛估计，艾登从乔身边冲过时的速度，大概有每小时四十英里。他又继续滑了二十米，才冲到一个雪堆里，停了下来。

"艾登!"爱玛无助地喊道。跟乔一样，有那么一会儿，艾登也一动不动。在乔的帮助下，他才终于转过身来。爱玛看不清他的脸，但他坐起来的时候似乎咧着嘴，不知道是在笑，还是因为疼。

她再也等不及了，抓住滑雪杖，做好随时刹车制动的准备。接下来她脚一踢，向前滑了出去。

第 二 十 二 章

滑得太快了

和爱玛预料的一样，眼前的世界变得模糊。

她没预料到的是，冰坡是如此凹凸不平。冰面看上去是那么平滑，但每一个起伏都像是翻越了高山。视线不断上下抖动，就像坐在一辆行驶在网格上的汽车里一样。耳边听到的声音断断续续，好像每秒之间都有间隔。

乔和艾登滑降下去只用了几秒。爱玛后来知道，她的用时也差不多，但感觉上要久得多。

艾登在哪里？这么一想，爱玛就抬起头来，这个错误让她开始前倾。她赶紧又向后仰，她可不想以每小时四十英里的速度冲下山。

现在看到他们俩了，爱玛试图对准他们。他们的位置开始偏移，爱玛意识到是她自己在转弯。她踩下右脚，他们的位置更偏了。放错脚了！她赶紧以两倍的力气踩下左脚，腿像被电击了一样震了一下。她咬紧牙关，一方面让自己不要发出声音，一方面确保自己不要咬到舌头。

好了，是时候刹车了，她心想。她用力把雪杖插入雪中，冲力太大，雪杖差点就脱手了。她用了更大的力气，这回感觉自己开始转弯了。右边开始减速，她随之也朝右边转。她把左脚蹬进雪里——这回是正确的脚了，又开始往回转，下坡的方向摆正了。

在乔的帮助下，艾登站起来了，太好了。

对艾登的关注让爱玛分了心，速度变得太快了，爱玛赶紧扔掉雪杖，转身趴在冰上。

眼前的冰面一片模糊。她张开双臂，把戴着手套的手伸进雪里。就算隔着防水材料，爱玛依然感觉到指尖因摩擦而发热，手指像是要被扯出来一样。

速度慢下来了，冰面变得没那么模糊，然后可以看到冰上的纹路了，最后她停住了。

"艾登!"

她爬了起来，转身去找弟弟。双脚一滑，马上"咚"的一声摔倒在地。爱玛皱着眉，更小心地慢慢站了起来。

爱玛滑得比乔和艾登远，但至少现在他们都到达坡底了。乔和艾登向她这边走来，她看到弟弟明显一瘸一拐的。

"艾登，你还好吗?"

"呃，还好。呃，其实不太好。"艾登咬着嘴唇看了乔一眼。乔的脸板得像块石头。爱玛心想，艾登能做什么让她不开心的事呢。

"有件事要跟你说一下。"艾登羞愧地说。

第 二 十 三 章

艾登的秘密

艾登坐在石头上，弯腰先卷起滑雪服的裤腿，又卷起里面的裤子。他咬紧嘴唇，眉头紧锁。爱玛跪在他面前，慢慢帮他脱掉雪靴。最后，她轻轻脱下厚厚的保暖袜，露出他的脚。

"天哪，艾登！"爱玛叫了起来。乔蹲下来检查伤势，眉头马上皱了起来。艾登自己也不情愿地向脚上看去。

整只脚都红了，全是淤青，特别是在脚踝的位置，有一块半圆形的皮被磨破了。几乎能看到里面的肉，血和清澈的液体正往外流着。

爱玛做出生气的样子看着艾登。

"另外一只脚也是这样？"

艾登点点头。

"感觉是的。我知道我应该告诉你们我的鞋磨脚。"艾登懊恼地说，"但说了有什么用呢，也不能改变什么。从冰坡滑下来的时候又撞到脚了，这下瞒不住了。"

"你的叫声太大了，当然瞒不住。"爱玛表示赞同，"你可能是对的，我们已经无法回头了，只能继续向前。我们也没有绷带之类的东西能给你用。"她叹了口气，"对不起，现在除了重新穿上靴子，以最快的速度找到缆车站，也没别的办法了。一开始就是这样计划的。你说呢，乔？你应对寒冷天气比我们在行。"

"真不知道为什么今天靴子这么不舒服。"艾登突然说，"跟昨天是同一双啊，昨天都好好的。"

乔一反往常轻松愉悦的神情，依旧紧锁着眉头。

"我可以看看吗？"她用戴着手套的手抓住艾登的脚，然后突然一拧。

"哎呀！"艾登叫了起来。

乔这下微微笑了一下："不需要问你觉得疼不疼了。这样呢？"

她抓住他的脚拇指，摇了摇。艾登摇摇头："没什么感觉。"

"这就奇怪了。"爱玛说，"艾登的脚最怕痒了，如果挠他的脚底的话……"

"喂！"艾登生气地说。

爱玛笑了："这只有做姐姐的知道。"

"看他的脚趾。"乔语气严肃，让爱玛和艾登脸上的笑容都消失了，"艾登可能冻伤了。"

第 二 十 四 章

借来的内靴

爱玛和艾登都探身向前,仔细看了看。

现在想来,艾登发现脚趾头的感觉跟脚上其他部位不一样。就像是有人用蜡做的假脚趾,取代了之前的真脚趾。

"或许只是亚冻伤。"乔又说。

"有什么区别?"艾登低声问。

"亚冻伤是皮肤表面结了一层冰。血管收缩,皮肤变白,摸起来没有感觉,但也有可能有些刺痛。"

发现冻伤时，必须让被冻伤的部分保持温暖干燥，并尽快就医。

"跟我的感觉很像。"艾登承认道，然后紧张地吞了口口水。

"那就好。如果是冻伤，冰晶进入表皮之下，会杀死人体组织。我们检查得及时，冰晶还在皮肤表面，没有进入深处。"

"如果进去了呢？"

"你的脚可能坏死，需要截肢。"乔的脸上毫无笑意，他们知道她可不是在开玩笑。

"现在能做什么吗？"爱玛轻声问。

"保持温暖和干燥，以最快速度到找到医生。"乔简洁地回答，"还有尽量不要有进一步的损伤。"

"哎，他还是要穿上雪靴。"爱玛一边说，一边帮艾登穿上袜子。

"也不一定。"乔的回答出人意料。她拿起艾登的靴子，往里面一看，惊讶地瞪大了眼睛，本来要说的话又咽了回去。"艾登，你的滑雪靴里为什么没有内靴？"

"什么意思？"他不解地问。

"靴子里应该有一层羊毛内靴，起到保暖的作用。我们的都有。"

艾登张大了嘴巴。

"我的天！我太蠢了！我昨天拿出来晾干……摔倒的时候雪渗进去弄湿了，今天早上忘记放回去了，还在房间的暖气上！这就是为什么我的靴子一整天都不舒服吧？"

"我想有一点关系吧。"乔半开玩笑地说。艾登长叹一口气，把头埋进双手里。

"所以我的靴子很磨脚，还让脚受凉了！"

爱玛突然坐下，开始脱自己的滑雪靴。

"从现在开始你用我的内靴，我们的脚一样大。"

他盯着她问："那你自己呢？"

爱玛耸耸肩："这里比度假村暖和多了。之后都可以正常地滑雪，不需要像之前那样还得走路。

反正还有几小时就能到缆车那儿了。"

"好主意。"乔说，"我也是这么想的。我的建议是，你连滑雪靴都别穿，就穿内靴。内靴保暖，你的脚也可以动，这是最重要的。"

"那我怎么滑雪呢?"艾登问。

"你就不滑了，走路。别担心，我们会陪着你的。"

"好吧，如果你觉得这样比较好的话……"

艾登当然不希望姐姐被冻伤，但他实在不想再穿上滑雪靴了。脚一伸进爱玛的内靴里，他就做出了决定。从早上到现在，他的脚还是第一次被这样柔软、温暖的东西包裹。

"好的。"艾登吸了一口气，"出发吧。"

首先，要找到之前扔下来的滑雪板，这说起来容易，做起来难。虽然是一对一对扔下来的，但六个滑雪板分散在了六个不同的地方。有的滑雪板几乎都埋在了雪里，他们只能努力寻找有颜色的东西，那是滑雪板后面翘起来的地方。有的滑雪板滑得比他们三人所在的位置远。爱玛的最远，在五十米开外的雪地里格外显眼，爱玛只好步行去取回来。

捡起滑雪板后，爱玛直起身朝山谷下望去。她张大了嘴巴，心跳在加速，兴奋地对另外两人叫道："快来！快来看呀！"

艾登以最快的速度赶了过来，乔陪在旁边。他们看到爱玛的所见时，脸上都笑开了花。

爱玛走得够远，所站的位置可以看到越过山谷的转弯处。大概半英里的直路过后，山谷一分为二，朝两个方向延伸。接近路的尽头的地方，天空中出现了四条黑色的线，似乎就这样没有支撑地挂着。从他们所站的位置看不到金属塔架，但他们知道，是金属塔架支撑着黑线。黑线从山谷的这一端，一直延伸到另一端。

"是缆车！"爱玛说，"一定在山谷的那一边。"

第 二 十 五 章

雷声

艾登把滑雪板扛在肩上，以尽可能快的速度在雪地上艰难地行走。女孩子们在他的两边滑着。她们放慢了脚步，配合他的速度前进。但他的步子也加快了，看到缆车后，他们知道旅程就快结束了。

"我们不能分开。"乔宣布，"速度最慢的成员决定队伍的速度。"

艾登还是一瘸一拐的，但现在他的脚终于有了支撑，舒服多了。脚下的雪很实，艾登不会陷下去。雪也足够松软，适合女孩子们在上面滑雪。

快走到山谷分叉的地方时，两边高高的雪坡开始下沉。从缆车出现的角度判断，艾登估计车站不会离左边的岔路太远。

也就是说，这段路很轻松，他们很快就要回家了！

"这些大山终于能让我们喘口气了！"艾登高兴地说。

左边的山坡很陡，雪面上布满了从山崖上滚落的岩石。但在这之下，从谷底一直到另外一边的山顶，雪地平整纯净，闪闪发亮。

艾登看着这优雅的弧线，然后，他突然觉得喉咙发干。

"这个。"他试图说些什么，却说不出口，只是停了下来。过了一会儿，女孩子们注意到了异常，便回过头来。

"怎么了？"爱玛问。艾登皱着眉头，疯狂地做出别说话的手势。

他向上指了指。

这条完美的弧线一直延伸到山顶，然后又往回弯，悬在山谷上。十米高的积雪压在谷顶，看上去随时可能崩塌。艾登估计下面的山坡大概三四十度，也就是乔说的危险角度。

就在头顶上方，一场雪崩已经酝酿成熟。

乔说过，雪崩可能随时发生，毫无预警，任何一点声响都有可能触发。这大概就是乔刚张开嘴，就又合上了的原因，她示意大家把头靠在一起。

"我被缆车分散了注意，都忘了检查了。"她说话的声音很小，几乎听不见。

"我们的注意力都被分散了。"爱玛纠正她说。

乔又朝坡顶看了一眼："只需五分钟，我们就可以离开这里。快。"

他们再次出发，这次深感时间紧迫。

艾登想跑起来，但哪怕没穿滑雪靴，脚还是很痛。而且就算脚没事，也很难在雪地里奔跑。他也知道，在低温下不能用力过猛，会导致流汗。他跌跌撞撞地小跑着，乔和爱玛在两边滑雪。她们本来可以滑得更快，但为了艾登一直压低速度。

艾登又朝上瞄了一眼，很快就要离开雪堆的位置了。

一辆缆车从山谷的另一边滑了上来，人们挤在窗前欣赏美景，有人还朝他们三个挥了挥手。隐约之中，他们听见一声机械运行的"轰隆"声。

然后，有什么东西移动了。他们分辨不出自己是听见的，还是感觉到的。

但他们都知道那是什么，已无须回头去看。响声从天地之间传出，穿过脚底，钻入耳朵。几秒之内，微弱的声响变成了巨大的轰鸣。"雷声"阵阵，整个山坡上的积雪滚落下来。

"走！"乔叫道。她和爱玛把滑雪杖插入雪中，艾登强迫受伤的脚跑动起来。身后的轰隆声越来越响，风吹在脸上，好像一千吨的空气被滚滚而来的雪墙推开。

艾登知道女孩子们是为了他才放慢了速度。

"你们就往前滑吧!"他喊道,"你们能走得比我快。"

"我不能丢下你不管!"爱玛也喊道。

"你总不可能背我吧!"

"我可以!"她突然停住了,背对着他弯下腰,双手放在膝盖上,回头喊道,"上来!"

艾登想停下来跟她争辩,但没有意义也没有时间了。他丢下滑雪板,跳到了爱玛的背上,手臂环住她的胸膛,腿绕在她的腰上。爱玛嘟囔了一声,身体向前,像乔教她的那样踢脚,滑雪杖插入雪中,用尽所有力气向后推。

她只挪动了一点点。

"我太重了!"艾登在爱玛耳边喊着,想要下去。

"你敢!"她吼道,"乔,照顾好你自己,快点走……"

身后的轰鸣声震耳欲聋，冰冷的雪花如飓风般在他们身边吹过，他们被卷入了旋转的、咆哮的黑暗之中。

第 二 十 六 章

紧紧抓住

爱玛感觉到她跟艾登分开了。身体经受着来自四面八方的捶打,巨大的压力包围着她。所有感官都被淹没了,说不清现在是光明还是黑暗,是喧闹还是安静,是向上还是下沉,她只知道,雪崩来了。

本能使她开始使劲晃动手脚,像游泳时要踩水回到水面那般。大脑只希望能逃离深渊,到阳光和空气中去。她的身体一定比数千吨的雪轻,轻的东西一定能漂浮起来,对吧?所以,她只需不断向上。其他的，就交给雪崩吧。

但是雪崩拉扯着她，扭曲她的肢体，直到关节隐隐作痛。雪或许能折断她的四肢，就像她折断苍蝇的翅膀那样简单，但她还是得试试。持续不断的声响和捶打让她只想蜷缩成一团，可这不就是投降了吗？她必须努力到最后。

震动正在减弱，但她的眼前仍然一片漆黑。爱玛不知道自己的位置是不是接近雪面。她的胳膊和腿还能动，但感觉到压力越来越大了。乔说雪会像水泥一样在她周围积聚，让她动弹不得。乔还说了什么来着？

噢，对了！在雪完全压实之前，爱玛双手紧握，放在面前。虽然帮助有限，但也给了她几立方厘米的空间呼吸。

然后一切都安静下来，漆黑一片。没有声音，没有撞击，只有血液灌入耳中，心脏怦怦跳动的声音。她被困在雪崩之中，深度未知，动弹不得。

雪崩求生知识六

　　不幸被卷入雪崩时，要尽力让自己待在雪层上方，不要被压住。可以用手在脸前面隔出一点空间，给自己留下足够呼吸的空气。

身体的感受让她知道自己还活着，头脑依旧清醒，这还不错。

上一次呼进来的气还憋着，胸口都快要炸开了。她知道总要吐气的，但如果这么做了，还有更多的空气可以吸入吗？

她还有别的选择吗？

慢慢地——以最慢的速度——爱玛把气呼了出来。然后，再慢慢吸气。

空气流进她的肺里，但是胸口依然很闷，她渴望更多的空气。她想深吸一口气，但又不敢。可能已经没有空气了，她很快就会窒息而死。乔说过，大多数雪崩受害者都死于窒息。就算只是多活几秒，也是值得的。

然后，她听见有人在叫她的名字，似乎是在很远的地方。

"爱玛！"

她的周围晃动起来，好像有人在挖雪。

乔戴着手套，用手铲走了二十五厘米深的雪，光一下子照进爱玛的眼睛。

"乔！"爱玛想叫出朋友的名字，可是雪流进了她的嘴里，差点就噎着了，她把雪吐了出来。

此时她只能向上看。有那么一会儿，她以为又开始下雪了。雪片在空中轻柔地旋转，落在她的脸上，弄得她不得不眨眼睛。然后她意识到，这是雪崩引起的，那些被震落的雪花，仍在寻找落脚之处。

"幸好你举起了一只胳膊。"乔在她旁边不停地挖，"你的一只手伸出来了，所以我才知道怎么找到你。"

"是吗？"

爱玛的头现在可以稍微晃动一下了。几厘米远的地方，她的右手从雪里伸出来。她摇了摇手指，以确认手指跟雪下的身体是连在一起的。

乔继续挖，爱玛很快就能动了，还能帮点忙。

她用脚使劲踢，终于离开了小小的雪洞。

　　"我们要把艾登挖出来。"乔说，"他比你埋得更深。"

第二十七章

大战之后

"艾登!"

情况之紧急让爱玛顿时充满能量,一下子冲出了雪堆。

她马上就注意到了山谷的变化。原本光滑如镜的雪地不见了,取而代之的是冰雪覆盖的"战场遗骸"。雪崩扫过谷底,一直抵达另一边的半山腰。

"你没被雪崩埋住?"爱玛喘着气,终于站了起来,抖掉了身上的雪。乔摇了摇头,一边往艾登的内靴那儿走。大红色的内靴在几米远的地方,一定是在雪崩中掉落的。爱玛也想跟上去，但马上就摔倒了，雪没过了膝盖，雪崩之前坚实的雪不见了。爱玛记得乔是这么形容雪崩的：十万吨的雪以每小时两百英里的速度倾泻而下。这十万吨的雪现在有几米深，松松散散地铺在谷底。要再冻成他们熟悉的硬度，需要很长时间。

"我离得刚好够远。"乔头也没抬地说，"你在雪崩的最边缘，如果你的位置更往后的话……"乔没有再说下去，只是耸耸肩。她们都不愿意去想，如果她的位置更往后，会发生什么。现在要做的，是以最快的速度走到被丢弃的内靴那儿。

爱玛看到蓝色的滑雪服从内靴里冒出来了一下，然后又不见了。

"内靴没有掉出来！"爱玛意识到，"他在那儿！"

内靴还穿在艾登的脚上。从这个角度看去，爱玛发现艾登一定是头朝下被埋起来的。怪不得乔先把她挖了出来，需要两人合力才能救出艾登，如果他还没被憋死的话。

如果他还没被憋死的话……

爱玛把这个念头抛到脑后，开始和乔一起挖。跟乔之前的做法一样，她们用手尽量挖出大块的雪。

"他的脚是动了一下吗?"乔突然问。随着升起的希望，爱玛的心快速跳动起来。

"我不知道……"

爱玛突然想到了什么。她扯下内靴，用手指挠了挠艾登的脚底。

腿很明显地动了一下。

"我说过他怕痒! 他还活着!"

她们开始更卖力地挖，就像自己命悬一线一样。

没过多久，爱玛就看到艾登的身体其实并不是完全竖直的。他以很陡的角度，仰面躺着。她们很快挖出了他的膝盖，看到他的另一只腿向后弯曲，像是跪着的姿势。腿一挖出来，艾登就踢了起来，像是在骑自行车。爱玛只得赶紧躲开，她抓住艾登的一只腿，让他停下，大声对着雪里喊：“我们来啦！耐心一点！”

也不知道他听见了没有。

挖得越深，洞就要挖得越大，雪才不至于塌下来，继续往下挖要花的时间也就更长。她们终于挖到了艾登的腰部，这时候他自己也可以使一些力了，又是扭动身体又是踢脚。

最后，她们挖到了他的胸口。爱玛根据雪下的形状判断，艾登的双手紧握，放在脸的上方。跟她之前做的一样。他肯定也思考过了，希望能创造多一点空间，保留一些氧气。多活的这几秒，就足以拯救自己的生命。

终于，艾登可以把自己的上半身推出来了。他像是从地底深处冒出来的雪怪，一边大口喘息着，一边抖掉身上的雪。

第二十八章

往上挖

"哇!"艾登将新鲜的空气吸进肺里。他尝试坐起来,但是角度太斜,又掉了回去。乔和爱玛一人抓住一只胳膊,把他从洞里拽了出来。他坐在雪地里,腿向前伸着,大口大口地呼吸。然后他抬头看了看乔和爱玛,咧开嘴笑了。

"天啊!我再也、再也不想经历这样的事情了……"他的话被爱玛的拥抱打断,艾登也抱住了她。"你没事?"

"我也被埋了,但没你这么深。"爱玛说,"是乔把我挖出来的。我游到了接近雪面的地方。"

"游?"他不解地盯着她。

"我晚点再告诉你。"爱玛突然想到了什么，"还好我们都是脸朝上。头一出来，就能呼吸了。"

"这个吗，我知道哪里是上面。"艾登漫不经心地说，现在轮到爱玛惊讶地看着他了。

"怎么知道的?"

他看上去有点不好意思。

"我，呃，吐了口水。重力的原理都是一样的，口水直接流进了我的眼睛，所以我知道我是脸朝上的。然后我就完全不能动了，但总比什么都不知道强。"

爱玛又给了艾登一个大大的拥抱。

"你的脚怎么样了?"过了一会儿，乔问。

"这个。"艾登的脚摇了摇，"还可以走一会儿。"

"这就够了。"乔笑着说。

在女孩子们的帮助下，艾登站了起来。一开始有点站不稳，但很快就适应了，特别是他们离开雪崩留下的松软的雪之后。

就在这时，一辆从度假村下山的缆车从头顶滑过，里面的人把脸贴在玻璃上，看着他们指指点点，还在拍照。他们也挥了挥手。

"或许他们能帮我们？"爱玛说。

山谷的尽头只有几百米远，简单的方向判断告诉他们，缆车站不会比这远多少。乔慢慢地在雪上滑，爱玛和艾登艰难地步行。乔去救爱玛的时候，把滑雪板留在了原地，再次出发时穿上即可。但爱玛和艾登的滑雪板都不见了，在雪崩时被雪冲走了。他们大概找了一下，毕竟滑雪板不是自己的，他们不想弄丢。但两对滑雪板都埋得很深，他们知道除非雪融化，否则再也别想找到了。

走到山谷尽头的岔路口时，一阵奇怪的声音传入耳中。群山充满了自然之美，这些山也曾试图杀死他们，但这些声音听上去还是如此刺耳和不友好。

这是强劲的柴油发动机的声音。

一辆车转过弯道，向他们疾驰而来。车子有点像路虎，但下面有履带，颜色是红色的，印有白色的"山地救援服务"标志。

"我们已经走了这么远了。"艾登笑着说，"不知道你们是怎么想的，但不到迫不得已，我是不会停下来的。"

所以他们继续向前走着，直到救援车在他们面前停下。

第二十九章

山区，我受够了

"你的脚怎么样？"苏·托马斯从门口探出头来，她是艾登和爱玛的妈妈。

艾登捧着一碗冰激凌，舒服地坐在椅子上看电视，绑了绷带的脚放在小凳子上。休息室外的景色迷人，天空清澈湛蓝，明亮的阳光洒在洁白的雪地上，远处能看到长白山脉。不过，眼下艾登已经受够了在山里的日子。

苏后面跟着爱玛和乔。艾登调皮地笑了起来："嗨，妈妈。医生说没什么大碍，只需要休养几天。

爸爸呢?"

"他有事。乔的父母正在赶过来，我接了电话马上就来了。"

山地救援队把三个孩子带到缆车上，然后送回了度假村。度假村的医生已经做好准备，要给他们三个做全面的检查，以及治疗艾登的脚。缆车离开地面之前，救援队就给他们的父母打了电话。

苏坐到艾登旁边，亲了他一下。艾登不情愿地放下冰激凌，用遥控器关掉了电视。不过不得不承认，被妈妈拥抱的感觉真好。

"你应该没计划把'差点变成瘸子'写在网站的点评里吧?"苏开玩笑地说。

"噢，我们还是会给他们写点评的，好的点评!"爱玛保证说，"雪……之前发生的事情，都不是他们的错。"

艾登看了爱玛一眼，知道她还没告诉父母事情完整的经过。

"他们知道这个消息一定会很开心的。"苏假装严肃地看了两个孩子一眼，他们知道，该来的总要来的，"艾登、爱玛还有乔，医生的原话是这么说的：'托马斯女士，你的孩子会没事的，尤其是他们经历了这么多之后。'我以为他们说的是一次意料之外的越野滑雪之旅，以及一个差点就冻伤的伤员。还有什么是他们没跟我说的？"

虽然不情愿，三个朋友还是一五一十地告诉了苏发生了什么。

说完之后，苏在房间里来来回回地踱步，嘴巴张得都能碰到地板了。

"雪崩？我的孩子遇到了雪崩？"

"那只是……一个意外，妈妈。"艾登保证说。

"是我的错，没有检查……"乔还没说话，苏就举起手打断了她。

"谢谢你，乔，但是我们应该都同意，这是你们三个人的错。你们三个人都在现场，全都忘记检测了。但是，"她继续说，"听上去你们三个人都做了正确的应对。所以我也没法生你们的气。"

然后苏笑着说："乔，谢谢你带领他们穿过野外的雪地。"

乔如释重负地笑了笑。苏把艾登抱得更紧了，然后又伸出另一只胳膊搂住爱玛。

"这可能是一个奇怪的问题，但你们想继续留在这里吗？"苏问，"还有几天的时间，但如果你们想的话，我可以带你们回家。"

"我想留下来！可以吗？"爱玛的眼睛闪闪发光，"我才刚学会滑雪，乔能帮我滑得更好。求求你了！"

"我也想留下来继续教爱玛，如果您同意的话。"乔说。

目光都转向了艾登。

他耸耸肩，说："我怎么样都可以。"

"艾登！"爱玛抗议道。艾登翻了个白眼："脚好起来之前，我也没法滑雪啊。"他摇了摇脚，"而且，待在山里？这里的生活是不错，乔也从小在山里长大。但几周里，我已经掉入过冰湖，光溜溜地走来走去等着衣服晾干，在暴风雪里过夜，还差点就冻伤了脚，甚至被埋在了雪下。所以，山？我无所谓了。"

"好吧。"苏想了想，又笑了起来，"山里可不只有冰雪和寒冷，你知道吗？"

"是吗？"他怀疑地说。

"当然！你知道这家度假村所属的公司还经营健康水疗中心吗？"

"那是什么？"

"一个你可以去放松、修养身体的地方。"

"我在这里或者回家都可以修养。"

"他们有用地热加热的游泳池，还特别为此感到骄傲呢。"

艾登马上坐直了身子。

"加热的？"

"还有桑拿和蒸汽浴。"苏继续说，"都是用地热能源自然加热的。这些山是火山，还记得吧？所以热水应有尽有，永远用不完。"

艾登的眼睛在发光，"算我一个！"

苏对女孩子们笑了笑，"如果你们也想去体验，我也可以帮你们问问。条件和在这里是一样的，给网站写点评。"

"好啊，太好了！"她们高兴地喊道。

"我的意思是，等我们滑完雪以后去。"爱玛补充道。

"有一件事我可以保证。"苏最后说，"那里没有雪崩！"